Hana Yaoi

Retrouve tous les titres de la collection Yaoi sur :

www.boys-loves.fr

Et toute la communauté Yaoi sur nos réseaux sociaux :

boy's loves IDP

Retrouvez Yoshimune, Genji et toute la bande d'Iberico Pork pour encore plus de moments chauds et déjantés !

Hana Yaoi

Résumé :

Dans un lointain pays, il existe un oiseau nommé zhen. C'est un être à la fois merveilleux et néfaste, qui se repaît de nourriture toxique et exhibe sur ses ailes les mille couleurs des poisons qu'il absorbe…

Fei, ancien éleveur de zhen, a fait ses classes comme général dans l'armée impériale. Mais lorsque son frère est tué dans des circonstances obscures, il est contraint de renouer avec son précédent métier. Fei devra faire face à ce décès mystérieux et au traitement odieux que l'on réserve à ces bêtes pourtant semi-humaines, dont la fierté ne cache pourtant qu'un simple besoin d'amour. Entrez dans l'univers fascinant de Zhen, un one-shot fantastique aux relents de chine traditionnelle et de poison ensorcelant !

Un manga de ***YAYOHI MONZEN***
Genre : Yaoi - Héroic Fantasy - Drame

One shot

Résumé :

Véritables tombeurs de ces dames, Jôsei Tsubakiya et Motoki Sakurai sont des stars dans leur université. Pourtant, après une soirée ratée et un peu trop arrosée, les deux jeunes hommes finissent ensemble dans un love hotel. Bien que tout soit parti d'une simple blague, la situation ne laisse pas Jôsei de marbre et Motoki se voit contraint de le soulager avec ses mains... avant de se retrouver lui aussi dans une situation inconfortable ! La curiosité et le plaisir étant plus forts que la raison, les deux garçons se lâchent et les choses dérapent très vite ! Deux beaux gosses, de l'alcool, un love Hotel... et vous obtiendrez un Coktail explosif !

Un manga de ***OWAL***
Genre : Yaoi - Comédie - Tranche de vie

One shot

Hana Yaoi

L'ETRANGER DE LA PLAGE

Résumé :

Shun Hashimoto, gay, est écrivain en herbe, tandis que Mio Chibana est un lycéen mélancolique passant son temps à regarder la mer. Ils se sont rencontrés il y a de cela trois ans, sur la plage d'une petite île isolée d'Okinawa. Plus les jours passaient, plus les deux jeunes hommes se rapprochaient. Cependant, Mio ne tarde pas à devoir quitter l'île, et lorsqu'il y revient après trois longues année de réflexion, il se rend directement chez Shun pour lui avouer qu'il l'aime. Mais de son côté, le jeune écrivain a bien du mal à faire les premiers pas vers une relation amoureuse…

Un manga de ***KII KANNA***
Genre : Yaoi - Comédie - Tranche de vie

3 volumes disponibles - Série en cours

Hana Yaoi

Résumé :

« Je suis fétichiste des vêtements, puis-je te tripoter dans ta combinaison moulante ? »

Cette proposition alléchante vient du beau Tôma, pour qui Kuroe a accepté d'être modèle. Ce qui devait être un simple échange de bons procédés entre deux étudiants en design, respectivement de mode et de jeux vidéo, se transforme tout à coup en une situation embarrassante à laquelle Kuroe devrait vouloir se soustraire. Mais qui ne craquerait pas face au charme hypnotique de Tôma, avec ses expressions adorables, sa sincérité alarmante et son côté trop passionné ? Car si Kuroe est aussi peu réticent, c'est parce que Tôma lui rappelle sa propre obsession…

Un manga de ***UNI YAMASAKI***
Genre : Yaoi - Comédie - Tranche de vie

One shot

Hana Yaoi

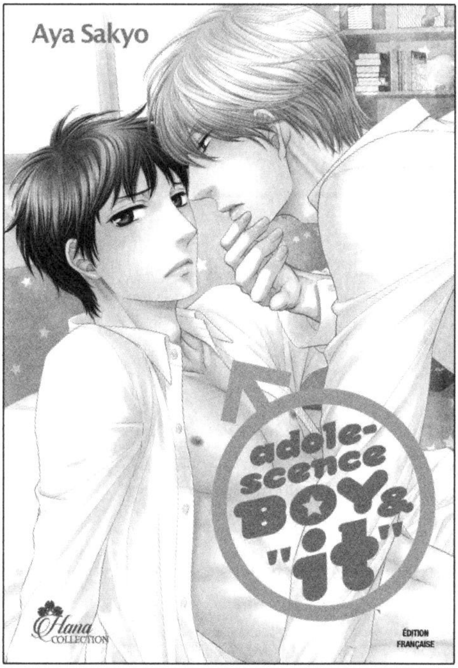

Résumé :

Quand on se touche entre amis, c'est de l'amour ou pas...?? L'histoire de deux adolescents inexpérimentés en proie aux hormones !

Sakurai, lycéen puceau, entretient une relation fusionnelle avec sa main droite. Un jour, alors qu'il se masturbe en regardant une vidéo pornographique, son ami Shinohara le surprend pile au moment crucial ! Sakurai voudrait faire comme s'il ne s'était rien passé, mais le comportement de Shinohara envers lui est de plus en plus étrange ; il va jusqu'à l'embrasser et demander à le regarder pendant qu'il se touche... Ce qui pousse Sakurai, bien sûr, à se poser la question : Shinohara serait-il amoureux de lui ? Entre désir et sentiments, deux amis de lycée à la découverte de l'amour physique !

Un manga de ***Aya Sakyo***
Genre : Yaoi - Comédie - Tranche de vie

One shot

Hana Yaoi

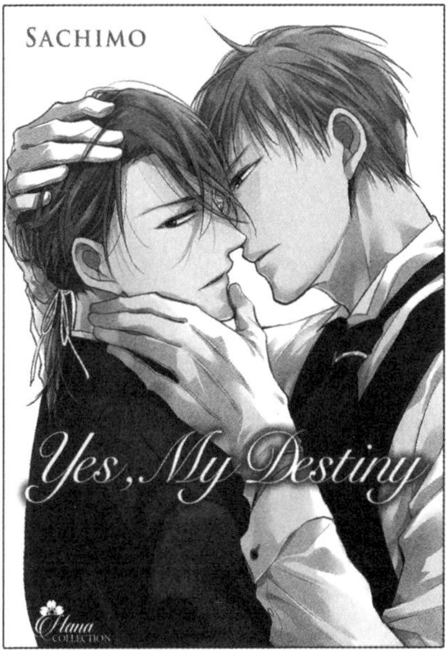

Dans un monde où alphas, bêtas et omegas commencent tout juste à cesser d'être séparés par castes, Aoi est l'héritier d'un riche clan d'alphas. Mais Aoi est né avec une double malédiction : il est omega, et il a trouvé son âme soeur en la personne de Saionji Jirô, alpha et aîné d'une autre riche famille. Renonçant à son héritage à cause de sa nature, Aoi se fait embaucher comme apprenti chez Jirô, afin de tester le lien qui les unis et d'apprendre à vivre, fier et indépendant, malgré son statut d'omega. Secondés par deux majordomes au caractère bien trempé, Aoi et Jirô devront faire face à leur destin.

Entrez dans un monde où majordomes sexy, pulsions incontrôlables et drame romantique se mêlent, pour le meilleur ou pour le pire…

Un manga de **SACHIMO**

Genre : Yaoi - Romance - Drame - Omegaverse

Série en 2 tomes

Hana Yaoi

Résumé :

Les objets, les gens, les choses qu'il aime, Hiroi partage tout avec Take, son ami d'enfance. Malgré les échecs répétés qu'occasionnent leurs ménages à trois, Hiroi s'entête et, un jour, présente à Take son nouvel amant. Ce dernier, trop amoureux de Hiroi pour refuser la présence encombrante de Take, devra apprendre à les accepter tous les deux tels qu'ils sont. Entre mésententes, remises en question et scènes d'amour intenses, notre trio pourra-t-il trouver son équilibre ? Fraise, vanille ou chocolat… Pourquoi choisir entre des saveurs qui se marient si bien ? Relation piquante, sexe appétissant, plaisir dévorant... Découvrez les affres de l'amour à trois !

Un manga de **PSYCHE DELICO**
Genre : Yaoi - Hard - Tranche de vie

One shot

Hana Yaoi

Résumé :

Asaichi est chanteur dans un groupe qu'il a monté avec des amis afin d'être populaire avec les filles. Lorsque le bassiste s'en va, c'est Yoru, musicien très populaire dans son ancien groupe, qui prend sa place. Un soir, après un live, alors que les membres terminent à l'hôtel avec des fans, Asaichi confond Yoru avec l'une d'entre elles, et couche avec lui!
Par la suite, Yoru en profite pour déclarer ses sentiments à Asaichi. Celui-ci, jaloux de Yoru depuis son entrée dans le groupe, lui répond que l'homosexualité le dégoûte ; mais lorsqu'il va voir un concert donné par l'ancien groupe de Yoru, il n'arrive pas à s'empêcher de ressentir du désir en écoutant Yoru chanter... Entre les sentiments de Yoru envers Asaichi et le désir mêlé de dégoût de celui-ci, comment leur relation va-t-elle bien pouvoir évoluer ?

Un manga de ***HARADA*** *(Yatta Momo...)*
Genre : Yaoi - Hard - Musique

One shot

Hana Yaoi

Résumé :

Hajime Satô, 25 ans, fait de son mieux chaque jour pour survivre dans une entreprise qui ne se gêne pas pour l'exploiter. Alors qu'il rentre chez lui avec le premier train du matin, exténué par plusieurs jours de travail sans repos, il entend une vidéo porno résonner dans le wagon où il se trouve (ce qui ne manque pas de provoquer une certaine réaction entre ses jambes) ! Tandis qu'il cherche d'où proviennent ces sons, son regard se pose sur une espèce de beau gosse aux allures de play-boy… Ce dernier, pour se faire pardonner (!?) d'avoir mis Hajime dans cette malencontreuse situation, décide de l'emmener dans les toilettes publiques pour s'occuper de lui. Comment réagira le pauvre jeune homme dont la virginité est grandement menacée… !?

Un manga de ***OWAL***
Genre : Yaoi - Hard - Tranche de vie

One shot

Résumé :

À dix-neuf ans, Ryô hérite de trois frères suite au remariage de son père : Kentô, le plus âgé des trois, est un élève brillant et sérieux ; Hayato, le second, est un jeune homme calme et intransigeant ; quant à Masato, le petit dernier, c'est un garçon espiègle et très câlin. Bien qu'il soit à présent le nouveau patron du café que tenait sa belle-mère, le jeune homme n'en reste pas moins désorienté. Mais on dirait bien que l'amour pointe le bout de son nez au cœur de cette famille recomposée !? Voici le coup d'envoi d'une série romantique où les personnages évoluent sous un même toit !

Résumé :

Après le remariage de son père, Ryô a hérité de trois petits frères. Kento, l'aîné des trois, qui se soucie beaucoup de sa famille; Hayato, le cadet, antipathique mais profondément gentil; et Masato, le benjamin, qui adore se faire gâter par les autres. Tous les quatre vont devoir se serrer les coudes afin de rester une famille unie suite au décès de leurs parents. Mais voilà que Kento se sent troublé par la déclaration d'amour que lui a fait Takeya, le meilleur ami de Masato, et que Ryô s'inquiète de voir Hayato prendre ses distances avec lui. Plus ils prennent conscience de certaines choses, et plus leurs relations vont devenir compliquées.

Un manga de ***KOTETSUKO YAMAMOTO*** *- Genre : Yaoi - Comédie - Tranche de vie*
2 volumes disponibles - Série en cours - Vol.3 à paraitre en Octobre 2017

Résumé :

Kumi signifie « amertume ». Un nom bien peu engageant pour un acteur de porno gay, devenu producteur après sa retraite. Pourtant, Kumi est tout l'inverse de son prénom : gentil, distrait, enjoué, et passionnément amoureux d'un ex-yakuza ronchon qui ne lui a jamais rendu la vie facile. Dans son bureau se déroulent les scènes les plus improbables et défilent les personnages aux profils les plus étonnants… Entrez dans l'univers décomplexé de Shinjuku Lucky Hole, où sexe et amour se suivent, mais ne se ressemblent pas ! Découvrez le monde du porno gay, sans tabous ni complexes, dans ce one-shot sexy et rafraîchissant !

Un manga de ***KUMOTA HARUKO***
Genre : Yaoi - Comédie - Tranche de vie

One shot

Hana Yaoi

Blue Morning

Le ***Best-Seller*** *Yuuutsu na Asa*
de ***Shoko Hidaka !***

vol.1

vol.2

vol.3

vol.4

vol.5

vol.6

Une belle demeure, des domestiques, les lourdes responsabilités qui incombent à un jeune héritier du domaine familial et son froid et cruel précepteur... L'ambiance de Yuutsuna asa vous transportera dans un autre temps ! Devenez les témoins de l'histoire intemporelle du «Je t'aime moi non plus» !

Depuis la mort de son père, Akihito Kuze a dû endosser le rôle de Vicomte et reprendre les rênes de la famille. Et celui qui prend en main l'éducation de ce dernier n'est autre que le beau et intelligent intendant familial, Satoshi Katsuragi. Mais Katsuragi, qui est pourtant remarqué pour ses qualités en société agit de manière très froide avec Akihito. «Est-ce qu'il me déteste ?!» Akihito qui est attiré par Katsuragi veut connaître la raison de ce rejet ! Plongez dans cette épopée romanesque racontant l'amour d'un jeune vicomte et de son intendant !!

Un manga de **SHOKO HIDAKA**
Genre : Yaoi - Drame
vol.1 à 6 disponibles - Série en cours

Incontestablement considéré comme l'un des meilleurs mangas BL de cette dernière décennie, Nakamura Asumiko fut élue meilleure auteur et ses personnages, Hikaru et Rihito, furent aussi respectivement élus meilleur sème et meilleur uke.

Doukyusei - Serie vol.1

Hikaru est élève dans un lycée privé pour garçon. En cours de musique, sa classe se prépare pour une chorale qui aura lieu dans quelques mois. Pour Hikaru qui fait partie d'un groupe, la tâche est plutôt aisée. Mais quand il réalise aux répétitions que Rihito – un discret et intelligent camarade de classe – ne chante pas, cela l'intrigue et lui propose alors de l'entrainer. Mais tandis qu'ils passent de plus en plus de temps ensemble, Hikaru réalise à contre-coeur que les efforts de Rihito sont pour Harasen, leur professeur de musique.

Sotsugyosei - Serie vol.2

Sajô et Kusakabe, que tout sépare pourtant, sortent toujours ensemble. En pleines révisions, Sajô est cependant confronté aux affres de l'amour : jalousie, questions, projets d'avenir dont Kusakabe n'ose pas lui parler. Entre ses préparatifs pour entrer à l'université et les maladresses de son petit ami, l'élève modèle ne sait plus où donner de la tête. Sans parler de Monsieur Hara, qui insiste pour veiller sur lui d'une façon plus qu'ambiguë. Sajô n'est pas au bout de ses peines, car la situation ne fait qu'empirer...

Sotsugyosei - Serie vol.3

Entre ses révisions et sa mère malade, Sajô accumule la fatigue malgré le soutien de Monsieur Hara, qui supporte tant bien que mal son rejet, et les nombreuses attentions de Kusakabe. Lorsque celui-ci est présenté à la mère de Sajô, il réalise que c'est un pas de plus vers une vie d'adulte qu'il commence à redouter : si ce diplôme tant attendu leur ouvre les portes vers l'avenir, il est aussi synonyme de séparation...

Un manga de ***ASUMIKO NAKAMURA***
Genre : Comédie - Tranche de vie - Yaoi

Série en 3 tomes

Egalement disponible
dans la collection Hana...

L'antiquaire
et son appétit débordant !

Hana COLLECTION

www.boys-loves.fr

Maquette : Justine Mouron
Traduit du japonais par : Amandine Martel
Responsable Editorial & Artistique : Anthony Graci

Remerciements particuliers à Aurélie Valognes

Dépot légal : Novembre 2018
ISBN 978-2-36877-637-7

Imprimé par GZ Digital Media as

(Ndt* : gravures érotiques ou pornographiques, généralement sur bois)

DONNN
SI ÇA CONTINUE, ON VA PASSER TOUTE LA NUIT DU RÉVEILLON DANS LE PIEU...
DONNN
On entend déjà le gong...
C'EST COOL QUAND ON EST GAMIN,
MAIS J'AI TRENTE ANS QUAND MÊME, TRENTE !
HUM ?
Album de lycée
L'ALBUM DE REMISE DES DIPLÔMES DU LYCÉE, ÇA FAIT UN BAIL !
Je sais pas où j'ai casé le mien.
Enfin, ça fait dix ans, je me rappelle plus de grand-chose.
J'imaginais pas à l'époque que ma relation avec Minato deviendrait comme ça.
Dix ans...
SHH
Sa tête fout les jetons.
Il a toujours été un type bien,
comparé à moi.

DONNN
AAH !
.....!
DONNN
NNH ...!
FLOFF
FLOFF
AAH...
M-MINATO...
J'AI BESOIN D'UNE PAUSE !
HAA
HAA
BONUS
SEXE AU RÉVEILLON DU NOUVEL AN
L-LAISSE-MOI
ME REPOSER... UN MOMENT !
HAA
J'AI... SOIF !
HAA
D'ACCORD.
JE T'APPORTE À BOIRE.
UN SAKÉ DOUX, ÇA TE VA ?
C'est très bon contre la fatigue.
IMBÉCILE, UNE BIÈRE S'IMPOSE DANS CES CAS-LÀ !
HAA
HAA

J'AI JAMAIS DIT QU'ON SORTAIT ENSEMBLE.
J'AI JUSTE ACCEPTÉ QUE TU RESTES À MES CÔTÉS COMME TU L'AS DEMANDÉ...
HEIN ?
QUOI ?
QUOIIII ?!
YAMATO ! ÇA SIGNIFIE QUE TU OFFRES TON CORPS À N'IMPORTE QUI ?!
HEIN ? ME PRENDS PAS POUR UN GIGOLO !
TU AS AFFIRMÉ QUE TU AIMAIS MES TABLEAUX !
CE SONT DEUX CHOSES DIFFÉRENTES !
YAMATOOO !
FIN

ZUUU
WAH !
BRR
OH, ATTENTION !
STAP
AH ?
ÇA VA ? JE VAIS FINIR LE MÉNAGE, TU PEUX ALLER TE REPOSER.
CLING
CLING
TON ATTITUDE FRIVOLE M'ÉNERVE.
GRRR
T'en fais toujours qu'à ta tête !
C'EST NORMAL, QUAND JE PENSE ENFIN QU'ON SORT ENSEMBLE !
YUP
YUP
HEIIIN ?

NNNH...!
FLOFF
ズッ
NNH
NNH
YAMATO...
HAA
FLOFF
ズッ
GHH...!
HAA
YAMATO ...!
JE T'AIME...
JE T'AIME,
YAMATO !!

FLOFF
AAAH ?!!!
NNNNH !
C'EST IN-
CROYABLE,
YAMATO...
JE SUIS
EN TOI...
HAA
TU ES
VRAIMENT
EXTRAORDI-
NAIRE...
HAA
AAH...
NE...
PARLE
PLUS,
IDIOT !
GHH
GHH
FLOFF
AANH !
HAA

GNN
ぎゅうっ…
OYA... MADA...
J-JE...
BRR
BRR
HAAA
BOBOMMM
GHHH
DÉSOLÉ, YAMATO, JE NE VAIS PEUT-ÊTRE PAS POUVOIR Y ALLER SI DOUCEMENT QUE ÇA.
SHHH
HEIN ?
AH !
HÉ...!
SLURB

Aussi facilement.
AAH...!
NNH
HAA
HAA
SLURB
SLURB
YAMATO... TU PEUX LE SUPPOR-TER ENCORE UN PEU ?
SI JE TE PÉNÈTRE MAINTENANT, JE TE FERAIS MAL.
HAAA
JE... SOUFFRIRAIS PAS TANT SI T'ÉTAIS DOUÉ ! IMBÉCILE !
NNH !
GHH
FLURR
NNNH !
WAAAAH ?!!
NNNH !

ちゅ
SMACK
VOILÀ LE YAMATO HABITUEL.
!
GHUP
NE SOIS PAS EFFRAYÉ,
JE VAIS Y ALLER DOUCEMENT.
J-J'AI PAS PEUR...
C'EST QUOI CETTE RÉPLIQUE, ON DIRAIT UN VIEUX...
D-D'AILLEURS,
C'EST MOI LE PLUS ÂGÉ ICI ET...
YAMATO...
Je suis juste un peu surpris.
De t'accepter...
NNH...
....!
SLURP
SLURP

PAS... ICI...
TU ES SÛR QUE C'EST BON DANS LE VESTIAIRE ?
BEN... MA GRAND-MÈRE DORT À L'ÉTAGE...
BLUUUSH
ET DANS LE BAIN... EUH...
TU RISQUERAIS ENCORE DE PRENDRE UN COUP DE CHAUD !
GRRR !
PAS BESOIN D'EN RAJOUTER !

JE VEUX TE FAIRE L'AMOUR, YAMATO.
S'IL TE PLAÎT.
!!!
TU ES SI MIGNON DEPUIS TOUT À L'HEURE QUE JE SUIS TRÈS EXCITÉ.
AH !
RE-GARDE...
FOM
COMME LE JOUR OÙ JE T'AI RENCONTRÉ...
HAA
.....!

LAISSE-MOI RESTER À TES CÔTÉS.
SLURP
SLURP
NNH...!
AAH...
COMME TU ÉTAIS DANS L'EAU, TON CORPS EST BRÛLANT, YAMATO.
HAA
AAH... HÉ...!
AR-RÊTE...
NNH !
SHHH
PAS QUES-TION.
HEIN ?

DANS CE CAS,
C'EST PAS UNE MAUVAISE CHOSE QUE TU SOIS ICI...
BLUSH
YAMATO...
KAAA
SHTAP
JE SUIS TROP HEUREUX QUE TU ES AUTANT PENSÉ À MON BIEN-ÊTRE !
J-J'AI PAS ENCORE DIT QUE TU POUVAIS RESTER !
ARGH !
POURTANT, YAMATO, TU AIMES MES TABLEAUX, N'EST-CE PAS ?
UUUH...
ALORS...

TU ES MA VÉRITABLE INSPIRATION, ALORS QUE JE N'AIME QUE LES NATURES MORTES HABITUELLEMENT.
QUAND JE SUIS AVEC TOI, MES DESSINS PRENNENT VIE...
HAA
ET ÉTIN-CELLENT.
JE NE COM-PRENDS PAS BIEN, MAIS...
TU VEUX DIRE... QU'ILS S'AMÉ-LIORENT ?
C'EST ÇA.
AVEC TOI À MES CÔTÉS, JE SUIS CERTAIN D'ALLER DE L'AVANT.

MOI, J'AI DÉJÀ CE MONT FUJI QUE TU M'AS FAIT.
C'est pour ça que je voulais pas lui faire perdre de temps.
SEULE-MENT,
SI ON N'EST PAS ENSEMBLE DANS CES MOMENTS-LÀ, YAMATO, ÇA N'A AUCUN SENS.

GNN
...PAS SPÉCIALEMENT !
PAF
MÊME SI J'AI PAS ENVIE D'ÊTRE UN POIDS POUR TOI.
UN POIDS...
TES TABLEAUX SONT FANTASTIQUES.
JE N'Y CONNAIS RIEN EN ART ET POURTANT, JE LES TROUVE MAGNIFIQUES.
ALORS, J'AIMERAIS QUE TU LES MONTRES À DE NOMBREUSES PERSONNES,
POUR QU'ILS ÉPROUVENT LA MÊME ÉMOTION QUE MOI.
PARCE QUE J'AIME TES PEINTURES.

C'EST VRAIMENT CE QUE TU VEUX ?
OU ALORS, TU PENSES QUE C'EST POUR MON BIEN ?
QUOI ?!
SI C'EST LE CAS,
TU TE TROMPES LOURDEMENT.
L'AUTRE JOUR, TU AS DEMANDÉ CE QU'ÉTAIT CE CONCOURS
À MES CAMARADES DU SÉMINAIRE.
On lui a juste dit que tu allais recevoir des offres
et que tu serais pas mal occupé.
Il avait l'air de réfléchir...
C'EST POUR ÇA QUE TU M'AS DÉCLARÉ DE NE PLUS VENIR ICI, N'EST-CE PAS ?

YAMATO, IMBÉCIIILE !
BAMM
HIIII ?!!
ビクゥッ
WAAAAH !
ザバッ
SPLAAASH
O-OYAMADA ?!
QU'EST-CE QUE TU FAIS ICI ?!
SPLASH
RENTRE CHEZ TOI !
STAP !
WAAH !!

.....
BLUUUSH
FINALEMENT, JE VAIS FAIRE DE MON MIEUX ENCORE UN PEU...

(Ndt* : chanson «Guts» du groupe Arashi, la phrase signifie «vive la jeunesse»)

BON, JE MONTE EN PREMIER.
ÇA VA ALLER TOUT SEUL ?
OUI, T'INQUIÈTE PAS, J'AI FINI. REPOSE-TOI BIEN, MAMIE.
SPLAAASH
C'EST CE QUE J'AI DIT, MAIS...
CRAC
FAIRE MA PART DU BOULOT ET CELLE DE OYAMADA
EST ASSEZ CREVANT.
....!
C'est vrai, je suis seul là...!
JE VAIS EN PROFITER, ÇA FAIT LONGTEMPS.

HUUUM...
J'AI PLUTÔT ÉTÉ PUNI QUE RÉCOMPENSÉ...
Réfléchissons...
QU'EST-CE QU'IL S'EST PASSÉ HIER...
AH...!
TING
J'étais tellement absorbé par Yamato que j'ai oublié ce détail !
Il était en train de discuter avec des gars du séminaire,
et il avait l'air concentré !
DANS CE CAS !
Au lieu de demander à Yamato, je vais leur poser directement la question !
ZOOO
ILS FONT MOINS PEUR !

....!
MMMH
ぬぅぅ
ZUUU
ズルズル
HAAA
J'AI FAIT QUELQUE CHOSE DE MAL ?
Pourquoi Yamato m'a soudainement annoncé de ne plus venir travailler ?
J'avais tant envie qu'on se réjouisse ensemble de mon prix...
J'ai réussi !
T'es incroyable !
Et ensuite...
J'espérais qu'il me récompense...
T'as fait de ton mieux...
.....
UFF
Je sais que ce n'est qu'une illusion, mais bon...

ZOM
ゴッ
YAMATO...
IL AGIT COMME D'HABITUDE.
Il travaille tout le temps très dur ♡
Et voilà !
ZOM
ゴッ
HAA
IL EST TOUJOURS AUSSI FAN-TASTIQUE ! YAMATO, MA VÉNUS !!
HAA
Ne le pointe pas du doigt !
Maman, il est bizarre, ce monsieur !
Seulement, me déclarer d'un coup de ne plus venir, je ne peux accepter ça !
GNNN
くぬぬ
CETTE FAÇON DE VIRER QUELQU'UN NE SE FAIT PAS, MÊME CHEZ LES YAKUZAS !
INCOM-PRÉHEN-SIBLE ! JE VAIS LE POUR-SUIVRE EN JUSTICE !
JE TE FERAI UN VIRE-MENT
POUR LA PAYE.

Quelques jours plus tard...
GARARAN
FOUUUAH...
IL FAIT BEAU AUJOURD'HUI ENCORE.
GHIII
SHTAK
ガタ
FFFT
ザッ
FFFT
ザッ
FLISHH
アア
MAMIE !
JE VAIS AU PRESSING, GARDE LA BOUTIQUE !
......

BOLOM
ALORS, TU PEUX RENTRER CHEZ TOI MAINTENANT.
CLOC
HEIN ??? QUOIIII ?!
DOMMMM
HÉ ! YAMATO ?!
GARARAN
AH, J'AI OUBLIÉ.
YAMATO, ARRÊTE TES BLAGUES DOUTEUSES.
HA HA HA HA !
JE TE FERAI UN VIREMENT POUR LA PAYE DU MOIS.
BYE.
CLOC
Mais...
Qu'est-ce que j'ai fait ?!

YAMATO, ON FERME, N'EST-CE PAS ?
JE VAIS RENTRER LA BANDEROLE.
QUOI ?
AAH... MERCI.
.....
TU N'AS PAS L'AIR EN FORME CE SOIR.
TU NE TE SENS PAS BIEN ?
OYAMADA.
OUI ?
PAS BESOIN DE VENIR ICI À PARTIR DE DEMAIN.
HEIN ?

IL VA ÊTRE TRÈS OCCUPÉ !
.....
Yamato !
!
SOUIP
?
MERCI BEAUCOUP !
GARARAN
ガララッ
湯

C'EST SI FANTASTIQUE QUE ÇA ?
AH, LES NÉOPHYTES NE SAVENT PAS, C'EST VRAI.
CE PRIX EST UN CÉLÈBRE CONCOURS DANS LE MONDE DE L'ART.
CE SONT DE TRÈS GRANDS ARTISTES QUI JUGENT LE TRAVAIL DES NOUVEAUX PEINTRES ET LEUR PERMETTENT D'ACCÉDER À LA RENOMMÉE.
EN PLUS D'ÊTRE CANON, IL A REÇU CE PRIX ! J'Y CROIS PAS !
Si encore il était pas aussi excentrique, je comprendrais !
MAIS IL VA EN BAVER À PARTIR D'AUJOURD'HUI, JE PENSE.
C'est vrai qu'il est excentrique.
AH BON ?
OUI, IMPOSSIBLE DE S'ARRÊTER À UN SEUL CONCOURS.
EN PLUS, IL VA SÛREMENT RECEVOIR PAS MAL D'OFFRES DE TOUTE PART.
Oyamada...

J'AI GAGNÉ UN CONCOURS AVEC LA PEINTURE EXPOSÉE L'AUTRE JOUR !
UN CONCOURS ?
C'EST QUOI ?
GARAN !
C'EST VRAI, RIO-KUN ?!
TAP
GÉNIAL ! AUCUN ÉLÈVE N'ARRIVE À GAGNER DE PRIX D'HABITUDE DANS NOTRE ÉCOLE !
KYAAA
CE TABLEAU ÉTAIT MAGNIFIQUE, IL FAUT DIRE !
KYAAA
WAAH, OYAMADA-KUN EST INCROYABLE.
OOOH !
JE VEUX UN AUTOGRAPHE !

YAMATO ! J'AI RÉUSSI ! C'EST GRÂCE À TOI !
STOMP
WAAH ?!
AH ? HEIN ?
O-OYAMADA ?!
BLUUUUSH
JE LE SA-VAIS, TU ES VRAIMENT MA VÉNUS !
♡ HAAAA
HIIII
!?
POUIC POUIC
DONC ? RA-CONTE.
PAF !
HAA...
HAA...
TON AMOUR FAIT MAL AU-JOURD'HUI ENCORE.

«Ce beau garçon», c'est Rio Oyamada, un étudiant de l'université d'à côté.
Pour une raison inconnue, je suis attiré par ce type populaire qui voue un amour inconditionnel aux objets qu'il peint.
Il travaille actuel-lement à temps partiel chez nous.
Grâce à lui, le nombre de filles fréquentant notre éta-blissement a augmenté, suivi par les garçons,
rendant ainsi nos affaires prospères.
OUI, PRO-BABLE-MENT...
MMMH
AU FAIT, JE NE LE VOIS NULLE PART, OÙ EST-IL ?
IL SERA EN RETARD CAR IL AVAIT DES CHOSES À RÉGLER À L'UNIVERSI-TÉ.
IL DEVRAIT PLUS TARDER.
GARARAN

湯
BONJOUR !
BIENVENUE !
YAMATO-KUN ! DEUX SERVIETTES S'IL TE PLAÎT !
UN SAVON AUSSI POUR MOI !
SALUT, YAMATO-SAN !
ON ENTRE !
YAMATO-SAAAN !
Oui, j'arrive !
TAP
YAMATO-KUN !
YAMA-SAN !
TAP
TAP
Moi, Yamato Natsume, je gère des bains publics avec ma grand-mère depuis que mes parents sont décédés.
LES AFFAIRES MARCHENT BIEN EN CE MOMENT, YAMA-CHAN !
GEN-SAN !
POF
C'EST GRÂCE À CE BEAU GARÇON, NON ?
Et notre établissement est en plein essor.

LA VÉNUS
DES BAINS FUJI

SINON, JE TE LAISSERAI PLUS VENIR ICI !
Finalement, je le pardonne une fois de plus.
YAMATO !
KAAA
WAAAH !
TU ES VRAIMENT MA DÉESSE !
TAIS-TOI ! JE VEUX DORMIR !
Je me demande bien pourquoi.

EN PLEINE INTROSPECTION
A pris un coup de chaud
PSSHH
«JE VEUX TE CHÉRIR», TU PARLES !
JE SUIS VRAIMENT DÉSOLÉ !
Ça fait du bien, du frais...
Je...
Je suis pitoyable d'avoir pris du plaisir sous ses caresses.
Pourtant...
LE SOIR...
JE VEUX BIEN QUE TU VIENNES M'AIDER LE SOIR, APRÈS LES COURS.
PLUP
YAMATO !
ET JE TE PAYERAI COMME IL SE DOIT.
EN ÉCHANGE, TU IRAS SANS FAUTE À L'UNIVERSITÉ LA JOURNÉE.

AAAAANH !!
NNNH !
ZOMM ...
NNNH !
ZMMM
HAA
AAH...
AA AH...!
POFF
YAMATO ?!
HIIIII
WAAH !
Y-YAMATO !!
WAAH.!
TES RÉACTIONS SONT SI MIGNONNES QUE...
JE ME SUIS EXCITÉ D'UN COUP.

OUPS !
ÇA VA, YAMATO ?
HAA ...
HAA...
ZUU
HAA
BRRR
BIEN SÛR QUE NON...!
JE... JE TE LE PARDONNERAI JAMAIS !
BRRR
SALE... PERVERS ! TU VAS T'EN SOUVENIR !
HAA
HAA
ÉVIDEMMENT ! IMPOSSIBLE DE T'OUBLIER AVEC UNE EXPRESSION AUSSI MIGNONNE !
YUFF
GYAAAA
PAS DANS CE SENS-LÀ ! IDIOT ! ÇA, TU PEUX OUBLIER !!
BOBOM
DIS, YAMATO...
ICI... JE PEUX METTRE UN DOIGT ?
AAH !
AAH !
NNH !
HAA
JE VEUX AUSSI TE FAIRE DU BIEN À L'INTÉRIEUR.
BLURB
HÉ !
QUE ?!
NNH !
HAA
Pourquoi là ?!

AAH, FRANCHEMENT ! JE ME RETENAIS EN PENSANT À TA BLESSURE,
MAIS CRIER AVEC UNE VOIX AUSSI MIGNONNE, C'EST DÉLOYAL.
SLURR
HIII !
GHH
HAA
AAH !
REGARDE, ICI.
SSHH
AAH !
C-C'ÉTAIT PAS FAIT EXPRÈS !
....!
T'AVOIR LAVÉ T'A FAIT AUTANT D'EFFET ?
TU VOULAIS QUE JE TE TOUCHE, ET PAS SEULEMENT AVEC LA SERVIETTE, AVOUE.
NNH !
SLURRR
PAS DU...!
HAA
ICI AUSSI, TU ES DÉJÀ DANS CET ÉTAT...
LA SENSATION DU SAVON SEMBLE TRÈS AGRÉABLE.
SLURB
NNH !
AAH !
SLURB
SLURB
BLUUUSH
SLURB !
BRRR
BRRR
NON...!
ARRÊTE !
NNNNH !
NNNNH !
AAANH...!
BRRR

YAMATO, ÇA TE CONVIENT COMME ÇA ?
SPLOFF
MMMMH
NNNH !
....!
Ah...!
BLUUUSH
Ma voix...!
WOFF
C'ÉTAIT RIEN ! C'ÉTAIT RIEN À L'INS-TANT !
SPOFF
C'EST BON, ÇA SUFFIT POUR LE DOS !
Y-YA-MATO...
SWIP
WAH !

FLIRBB
GGHHH
HIII...!
SPLOFF
SPLOFF
UUH...
UUNH...
GHH
AH !
GHH
SPLOFF
Tiens...?
HAA
D'habitude, il dirait...
LE GANT RISQUE DE T'ABÎMER LA PEAU, JE VAIS TE LAVER AVEC MES MAINS !
Un truc du genre...
HAA
HAA
Pourtant, il me frotte tout doucement et gentiment le dos...
Il s'inquiète un peu trop pour moi peut-être.
Mais, j'avoue que...
MMH
HAA...
HAA...

FUSHH
カポーン
HÉ !
WAAAH !
C'EST DE ÇA QU'IL PARLAIT ?!
U-UNE MINUTE ! ATTENDS !
TU NE PEUX PAS TE LAVER AVEC TA MAIN, N'EST-CE PAS ?
FFTT
LAISSE-MOI AU MOINS T'AIDER CE SOIR.
NON ! C'EST...!
WAAAH
YUP
ALLEZ, NE TE FAIS PAS PRIER.
YUP
GYAAA
C'EST PAS ÇA DU TOUT !
MON CORPS EST EN DANGER !!

YAMATO !! MOI AUSSI, JE T'AIME !
STOMP
J-J'AI JAMAIS DIT ÇA ! CE SONT SEULEMENT TES TA-BLEAUX QUE J'AIME !
HIII !
....!
GHHG
YAMATO ! D-DÉSOLÉ ! ÇA VA ?
T'EN FAIS PAS, ÇA SERA GUÉRI DANS DEUX SEMAINES.
HAA
DEUX SE-MAINES ?
C'EST SÛR QUE ÇA VA ÊTRE UN PEU EMBÊTANT, MAIS BON...
Pour la cuisine ou la lessive.
GLUPS
ET AUSSI... POUR LE BAIN ?
AH, C'EST VRAI.
HUM ?
Le bain ? Il veut dire pour le ménage ?

AH...
JE SUIS PAS AUSSI FAIBLE !
BOFF
ET PUIS, C'EST PAS DE TA FAUTE.
J'AURAIS PAS DÛ TE POUSSER SI FORT.
ET JE T'AI RATTRAPÉ PAR RÉFLEXE.
SI TU T'ÉTAIS BLESSÉ À MA PLACE,
JE M'EN SERAIS VOULU QUE TU PUISSES PLUS PEINDRE.
EN REGARDANT TA FRESQUE DU MONT FUJI, JE PENSE TOUJOURS QUE...
BLUSH
JE...
J'AIME TES TABLEAUX.
YAMATO...

HAA
DÉSOLÉ...
TOUT EST DE MA FAUTE.
SÉCHER POUR VENIR TE VOIR...
JE SAIS TRÈS BIEN QUE TU DÉTESTES CE GENRE D'ATTITUDE.
ET VOILÀ LE RÉSULTAT... JE M'ÉNERVE MOI-MÊME.
Oyamada...
TU AURAIS DÛ ME LAISSER TOMBER.
À CAUSE DE MOI, TU ES BLESSÉ.
GNN
J'AI CRU QUE MON CŒUR ALLAIT S'ARRÊTER...
JE...
JE VEUX TE CHÉRIR ET TE PROTÉGER.
FFFT

JE SUIS EN COLÈRE.
QUOI ?
Pourquoi ?
TU..
TU NE COMPRENDS PAS COMBIEN TU ES IMPORTANT POUR MOI.

«ENTRE»...?
JE TE SIGNALE QUE C'EST CHEZ MOI ICI...
GARARAN
ガラララッ
HUM ?
Merci !
OH, T'AS TOUT NETTOYÉ ?!
DÉSOLÉ... T'AS MÊME DÛ T'OCCUPER DE L'ÉTABLISSEMENT PENDANT MON ABSENCE.
À PARTIR DE DEMAIN, TU VAS À L'ÉCOLE, HEIN !
YAMATO...
PUM

GARAN
BAM
YAMATO ?!
AH...
Tu m'as fait peur...
......
YAMA-TO...
ENTRE.

YAMATO !
GHHH
....!
BZZ
MMMH...
DEUX SEMAINES POUR GUÉRIR CETTE ENTORSE...
ENFIN, MON POIGNET EST PAS CASSÉ, C'EST LE PRINCIPAL.
PAR CONTRE, JE PEUX PAS PORTER DE TRUCS LOURDS...
GGH
....!

ME TOUCHE PAS !
BAM !
!?
WAAH !
ROLL
SHTAP !
AÏE !!
BADAM !
....!
YAMATO, ÇA VA ?
GGHH...
UUH ...!

BLA
TES ÉTUDES SONT PLUS IMPOR-TANTES !
TU T'ES BIEN GARDÉ DE ME DIRE QUE TU SÉCHAIS POUR VENIR ICI !
BLA
JE DÉTESTE CE GENRE DE MANIGANCES !
BLA
BOUUUH
JE SAIS, MAIS...
SI JE NE LE FAISAIS PAS, ON NE SE VERRAIT PRESQUE JAMAIS.
!
TE FOUS PAS DE MOI !
PAF !
JE TRAVAILLE.
J'AI PAS LE TEMPS POUR TES BÊTISES.
DÉ-PÊCHE-TOI D'ALLER À L'ÉCO-LE.
Pas vrai, ça !
SWOUP
AH...
Y-YAMA-TO !

TU SÈCHES SOUVENT LES COURS EN CE MOMENT, N'EST-CE PAS ?
JE COMPRENDS QUE TU SOIS OCCUPÉ AVEC TON TRAVAIL.
CEPENDANT, ON EST CONTENTES QUAND ON TE VOIT À L'UNIVERSITÉ.
OUI, MERCI...
Wah ! Le bain est grand !
......
SIGH
GOOOOO
C'est quoi, cette histoire ?
GYAAA !
JE LE SAVAIS, TU ES EN COLÈRE !

UNE RUMEUR CIRCULAIT COMME QUOI TU ÉTAIS ICI.
ÇA NOUS INTRIGUAIT ALORS ON EST TOUTES VENUES.
AH BON ?
UNE RUMEUR, HEIN...
Comme les habitués sont en voyage, je pensais qu'il y aurait moins de monde.
Pourtant, si ça continue, on va être submergé par les filles qui viennent voir Oyamada.
TU M'ÉTONNES, SON SEUL ATOUT EST SON VISAGE.
J'AIDE JUSTE DE MON PROPRE CHEF.
C'EST D'AILLEURS MOI QUI AI DESSINÉ LE MONT FUJI À L'INTÉRIEUR.
VRAIMENT ? J'AI HÂTE DE LE VOIR.
AH, AU FAIT.
TU DOIS CORRECTEMENT FAIRE TES DEVOIRS.
UPS
AH...
Le professeur était en colère.
BOP

KYAA
WAH, C'EST VIEUX ICI !
JE VOULAIS ABSOLUMENT VENIR DANS UN ENDROIT PAREIL AU MOINS UNE FOIS.
BLA
BLA
JE NE SAVAIS PAS QU'IL Y AVAIT DES BAINS PUBLICS À CÔTÉ DE L'ÉCOLE !
KYAA
EST-CE QUE VOUS VENDEZ DES SERVIETTES ?
BLUSH
Un groupe de filles ?
WUP
WUP
AH, BIEN SÛR.
YAMATO... POURQUOI TU ROUGIS ?
GOO
HIII
!?
TA RÉACTION EST MIGNONNE MAIS CE N'EST PAS DRÔLE EN FAIT...
GOOOOO
I-IDIOT ! JE SUIS EN TRAIN DE SERVIR DES CLIEN-TES !
BLUUUSH
Va ranger !
GNNN
AH !
OYAMADA-KUN ! TU TRAVAIL-LES BIEN ICI, ALORS !
KYAAAA !!
HEIN ?

TADAM !
J'AI FABRIQUÉ ÇA AVEC LES OBJETS DU BAIN POUR ATTIRER LES CLIENTS !
Un Mont Fuji en bassines !!
.....
JE SUIS NON SEULEMENT DOUÉ EN PEINTURE, MAIS AUSSI EN SCULPTURE !
C'est parfaitement assorti avec le dessin derrière !
VLAMMM
AH !!
GRRR
ÉCOUTE-MOI BIEN... INTERDICTION DE JOUER AVEC LES AFFAIRES D'ICI.
GRRR
JE NE JOUAIS PAS POURTANT ...!
Tu me fais peur !
DÉPÊCHE-TOI DE RANGER TOUT ÇA AVANT L'ARRIVÉE DES CLIENTS !
GRRR
TAP
TAP
BONJOUR !
GARARAN

ON EST SEULS À PARTIR D'AUJOURD'HUI, PAS VRAI ? YA-MA-TO.
SOUIP
FFF
BRRR
WAAAH ?!
AÏE !
POM
PARLE PAS SI PRÈS DE MON OREILLE, SALE PERVERS !
GRRR
HAAA
HAAA
AAAH
J'AI JUSTE SOUFFLÉ... TA SENSIBILITÉ EST SI MIGNONNE, YAMATO.
D'AILLEURS, QU'EST-CE QUE TU VIENS FAIRE ICI ?!
GRR
C'EST ÉVIDENT.
JE SUIS VENU T'AIDER PARCE QUE ÇA RISQUE D'ÊTRE DIFFICILE TOUT SEUL.
Voici Rio Oyamada, un bel étudiant de l'université d'à côté.
M'AIDER ? ET TES ÉTUDES, ALORS ?
NE T'INQUIÈTE PAS POUR ÇA.
J'AIMERAIS PLUTÔT TE MONTRER QUELQUE CHOSE !
QUOI ?
Pour une raison inconnue, je suis attiré par ce pervers
qui voue un amour inconditionnel aux objets qu'il peint.

STOC
カコッ
ET VOILÀ !
Moi, Yamato Natsume, je gère des bains publics avec ma grand-mère depuis que mes parents sont décédés.
GOOD LUCK!
Cette dernière est partie en voyage avec l'association du quartier.
Du coup, je m'occupe seul de l'ouverture de l'établis-sement.
PARFAIT !
ALLEZ, C'EST PARTI POUR UNE NOUVELLE JOURNÉE !

LA VÉNUS DES BAINS FUJI
富士乃湯のビーナス

PAS DE PROBLÈME, J'AI JUSTE FAIT MON POSSIBLE POUR TE FAIRE CRAQUER.
SMILE
...COMMENT ÇA ?
JE COMPTE BIEN QUE TU DEVIEN-NES MON MODÈLE POUR UN NU !
HÉ HÉ
H-HEIIIN ?!
DIS PAS N'IMPORTE QUOI ! SALE PERVERS !
MAIS ! TU M'EN DOIS UNE !
JE RISQUE PAS D'AC-CEPTER UN MARCHÉ PAREIL !
HEIIIN ...!

CLING
CLING
INCROYABLE…
CLING
WAAAH
JE SUIS CONTENT QUE TA GRAND-MÈRE AILLE MIEUX.
Je ne suis pas encore morte !
BAM
OUI, ELLE A ASSEZ D'ÉNERGIE POUR TRAVAILLER APPAREMMENT.
.....
AU FAIT…
MERCI POUR TOUT, J'AVOUE QUE TU M'AS BIEN AIDÉ CETTE FOIS…

DIS DONC !!
ATTENDS JE TE DIS ! POURQUOI TU ME DÉSHABILLES ?!
AAAH, J'EN ÉTAIS SÛR... TU ES SI MIGNON, YAMATO, QUE...
JE ME SUIS EXCITÉ D'UN COUP...
HAA はぁ
HAA はぁ
COMMENT ÇA, D'UN COUP ?!
SMACK
J'EN RESTE LÀ POUR AUJOURD'HUI !
OK ?
SMACK ちゅっ
QUOIII ?!
«AUJOURD'HUI» ?!
PAS SEULEMENT AUJOURD'HUI, ON IRA PAS PLUS LOIN, IMBÉCILE !
MAIS SI.
PAS DE MAIS !
GYAAA !
GYAAA !

ET COMME TU ES GENTIL, TU NE POURRAS PAS ME LAISSER SANS RIEN FAIRE.
SMILE
ニコッ
.....
BOBOM
ドキッ
Je crois pas en un seul de ses mots, pourtant...
YAMATO...
SMACK
WAH !
GHH
J'arrive pas à lui résister.
NNH...
KISS
AAH !
NNH !
KISS
HÉ...
AAH...
SHH
ATT... ATTENDS..!
NNH !

TU ES LE MEILLEUR.
HÉ...
SLUP
ペロッ
HEIN...?
AH...
ATT...!
SI TU CONTINUES, JE VAIS VRAIMENT COUPER LES PONTS AVEC TOI !
HAA
はぁ
HAA
はぁ
DANS CE CAS, JE M'ÉVANOUIRAI ENCORE DEVANT L'ENTRÉE.

TON VISAGE EN COLÈRE EST SI MIGNON.
CLING
GHH
PER-VERS...
YAMATO, SI TU ES ÉNERVÉ,
C'EST PARCE QUE J'AI TROUVÉ CE MAGNIFIQUE VASE EXCITANT ?
JE TE L'AI POURTANT DÉJÀ DIT L'AUTRE JOUR.
TU ES LA PREMIÈRE PERSONNE À FAIRE CHAVIRER MON CŒUR.
...JE SUIS PAS UN OBJET.
C'est frustrant...
SOUIP
EN EFFET.
C'EST POUR ÇA QUE CHEZ TOI, TOUT M'EXCITE.

Comme si j'étais amoureux de lui.
YAMATO...
POURQUOI TU FAIS EXPRÈS DE M'EXCITER ?
HAAA
QUE ...?
QUOIII ...?!
BLUUSH
BAM!
M'ENLACE PAS SOUDAI-NEMENT ! PERVERS !
GHH
JE N'Y PEUX RIEN.

POURTANT, T'EN AS RIEN À FAIRE DE MOI !
Pourquoi...
APRÈS TOUT, TU SORS TOUJOURS LES MÊMES PHRASES À N'IMPORTE QUI !
J'AI ENTENDU TES CAMARADES LE DIRE À L'UNI-VERSITÉ !
DES MOTS QUE TU PRONONCES À N'IMPORTE QUI,
JE RISQUE PAS DE LES CROIRE.
ALORS...
Pourquoi je suis autant en colère ?
C'est comme si...
ALORS JE VEUX PLUS...

JE NE PEUX PAS FAIRE ÇA.
TU ES LA PERSONNE QUI M'EST DESTINÉE.
?!!
C'EST LA PREMIÈRE FOIS QUE JE RES-SENS ÇA.
SI JE NE DOIS PLUS TE VOIR, JE NE VEUX PAS DE CE MARCHÉ.
POUR-TANT...
HEIN ?

JE SERAI TON MODÈLE.
EN ÉCHANGE, TU RESTAURERAS LA PEINTURE DU MONT FUJI POUR MA GRAND-MÈRE.
Y-YAMATO...?
PAR CONTRE...
QUAND TU AURAS FINI,
JE VEUX PLUS QUE TU VIENNES ICI.
J'AI PAS LE TEMPS DE M'OCCUPER DE TOI.
PAS QUES-TION.

YAMATO, ÇA VA ?
OUAIS…
TU FERAIS MIEUX DE TE REPOSER TOI AUSSI, NON ?
…JE…
MES PARENTS SONT DÉCÉDÉS QUAND J'ÉTAIS PETIT.
MALGRÉ MON JEUNE ÂGE, MA GRAND-MÈRE M'A ÉLEVÉ TOUTE SEULE.
JE LUI DOIS BEAUCOUP.
……
J'ACCEPTE TON MARCHÉ.
FUT
QUOI ?

PAS DU TOUT !
STUMP
AT-TENDS, ENFIN !
POUR-QUOI TU ES AU-TANT EN COLÈRE ?
LA FERME ! JE VOULAIS JUSTE TE RENDRE TON ÉCHAR-PE !
ME SUIS PAS !
JE SUIS RENTRÉ !
GARARAN
MAMIE !
APPORTE-MOI DU SEL POUR RÉPANDRE DEVANT LA PORTE...
AH !
MA...
MAMIE !!
ELLE EST JUSTE UN PEU FATIGUÉE.
HEUREU-SEMENT, CE N'EST PAS TROP GRAVE.
Fermé aujourd'hui
PIN PON PIN PON

YAMATO ?!
TAP
Ce genre de mots embarrassants...
C'était évident qu'il les disait pas sérieusement.
SHTAP
YAMATO !
QU'EST-CE QUE TU AS D'UN COUP ?
...! QUOI ?
COMMENT ÇA, QUOI ...?
TU ES VENU VOIR MES PEINTURES, NON ?

OYAMADA N'ARRÊTE PAS DE DIRE CE GENRE DE CHOSES.
!
GLUPS
IL EST TOUJOURS COMME ÇA.
IL NE FAIT AUCUNE DISTINCTION DÈS QUE ÇA L'INTÉRESSE.
Aucune... distinction ?
TIENS ? ON NE T'A JAMAIS VU, TU ES ÉTU-DIANT ICI ?
OU ALORS, UNE CON-NAISSANCE DE QUEL-QU'UN ?
HEIN ? AH... JE...
Ce vase n'est pas si incroyable...
YAMATO !
TU ES REVENU ME VOIR !
UPS
...Un ami de Oyamada.
BOUAAH ?!
FLOF

NON ! C'EST TROP BIZARRE !
J'AI BEAU Y RÉFLÉCHIR, C'EST JUSTE UN PERVERS !
FUT
FUT
AUJOURD'HUI, JE VAIS SIMPLEMENT
LUI RENDRE SON ÉCHARPE !
BRR
Elle est toute douce et semble chère, en plus !
JE ME SOUCIE PAS DU TOUT DE LUI !
BRR
C'EST GRAND, UNE UNIVERSITÉ...
JE CROIS QUE C'ÉTAIT PAR LÀ.
FABULEUX...
Cette voix...
BOBOM
TE RENCONTRER...
J'AI L'IMPRESSION DE RÊVER !
TU M'EXCITES VRAIMENT !

FFFT
TIENS.
FLOP
JE TE LA PRÊTE.
JE T'AI ENTRAÎNÉ AVEC MOI ALORS QUE TU ÉTAIS SI PEU HABILLÉ MALGRÉ LE FROID DEHORS.
REVIENS VOIR MES TOILES QUAND TU VEUX.
.....
Le lendemain.
GARARAN
J'Y VAIS !
......
Ta présence m'excite vraiment.
SÉRIEUX... IL ARRIVE À SORTIR CE GENRE DE PHRASES EMBARRASSANTES SANS AUCUNE HONTE...?

CEPENDANT, J'AI ÉTÉ SURPRIS QUAND JE T'AI RENCONTRÉ, YAMATO.
QU'UNE PERSONNE PUISSE FAIRE CHAVIRER MON CŒUR À CE POINT.
TA PRÉSENCE M'EXCITE VRAIMENT.
QUE...!
EUH...
BOBOM
YAMATO...
SHH
!
POFF
WAH ?!
JE...
JE VAIS PAS TARDER.
AH, ATTENDS !

C'EST ÇA...
IMPOSSIBLE DE TE CROIRE AVEC TON ATTITUDE HABITUELLE.
C'EST PAS SYMPA ! C'EST LA VÉRITÉ !
HEIIIIN ?
ええー
AH BON ?
TU PEINS QUE DES OBJETS OU DES PAYSAGES ?
OUI.
EN FAIT, SEULEMENT CE QUI M'IN-TÉRESSE.
ET LE PLUS SOUVENT, CE SONT DES OBJETS OU DES PAY-SAGES.
OOH, T'ARRIVES À COMPRENDRE CE GENRE DE TRUCS ?
D'AILLEURS, TON ÉTABLIS-SEMENT EST FANTASTIQUE AUSSI, ON RESSENT QU'IL EST DESTINÉ AU BIEN-ÊTRE DES GENS.

REGARDER, ÉCOUTER, TOUCHER,
LA RENCONTRE AVEC UNE ŒUVRE DOIT FAIRE VIBRER NOS ÉMO-TIONS.
ELLE DOIT SIMPLEMENT FAIRE RESSENTIR QUELQUE CHOSE AUX GENS.
JE SUIS VRAIMENT CONTENT D'AVOIR FAIT VIBRER TON CŒUR, YAMATO !
Je vois...
FINALE-MENT, T'ES QUELQU'UN D'ÉTON-NAMMENT SÉRIEUX.
JE SUIS TOUJOURS TRÈS SÉRIEUX !
FFFT
PAF
AÏE !
Et pousse ta main de là.

WAAH... T'ES INCROYABLE.
KLING-
JE N'Y CONNAIS RIEN EN ART, POURTANT...
KLING
J'ADORE CE TABLEAU.
C'EST TRÈS BIEN COMME ÇA.
SHH

CETTE TOILE EST ÉNORME…
C'EST TOI QUI L'AS PEINTE ?
WAAAH
OUI, ELLE N'EST PAS ENCORE FINIE.
JE L'AI COMMENCÉE LE JOUR OÙ ON S'EST RENCONTRÉS.
J'ÉTAIS SI CONCENTRÉ DESSUS QUE J'ÉTAIS COUVERT DE PEINTURE.

JE SUIS EN PLEIN BOULOT, J'AI PAS LE TEMPS POUR ÇA !
GHHH
TU PEUX Y ALLER, ON N'A PAS BEAUCOUP DE CLIENTS À CETTE HEURE-CI.
MAMIIIE !
WAAAH !
TE FOUS PAS DE MOI !
Allez, c'est parti !
FINALEMENT...
IL M'A TRAÎNÉ JUSQU'ICI.
C'EST LÀ.
ÇA SENT UN PEU LA PEINTURE, DÉSOLÉ.
AH !

EN ÉCHANGE, TU DEVIENDRAS MON MODÈLE...
HAA
HAA
FROT
FROT
NON, MERCI.
BRRR
HAA
POURQUOI ? C'EST UN MARCHÉ TRÈS AVANTAGEUX POUR TOI, NON ??
HAA
FROT
FROT
HAA
TU RIGOLES, C'EST UN BON DEAL POUR TOI SURTOUT ! ET J'AI JAMAIS VU UN SEUL DE TES TABLEAUX EN PLUS !!
Tu vas lâcher ma main, oui ?!
TU AS RAISON.
JE VAIS TE LES MONTRER TOUT DE SUITE, C'EST L'OCCASION !
QUOI ?
C'EST MON JOUR DE CHANCE AUJOURD'HUI !
STAP
H-HÉ !

J'AIMERAIS RESTAURER CETTE PEINTURE DU MONT FUJI SI ON POUVAIT.
TU VEUX QUE JE LE FASSE ?
MA FILIÈRE À L'UNI-VERSITÉ EST L'ART PLAS-TIQUE.
TU PEUX COMPTER SUR MOI POUR TOUT CE QUI EST DESSIN !
TOI...

UN DES ROBINETS EST CASSÉ !
PSCHIIIII
WAAAAH ?!
CLIC CLIC
きゅっ
FIOUUU...
L'EAU EST ENFIN ARRÊTÉE.
IL EST QUAND MÊME PAS MAL ABÎMÉ,
TU N'APPELLES PAS UN PROFES-SIONNEL ?
JE M'EMBÊTERAIS PAS TANT SI ON AVAIT L'ARGENT POUR ÇA.
D'AILLEURS...

T'ES UN PERVERS, C'EST ÇA ?!
BAAAM
Depuis ce jour...
KONNN ——
OÙ EST-CE QUE JE POSE LES SERVIETTES ?
On a pas assez de personnel ici alors je lui suis reconnaissant de nous aider, mais...
Sur l'étagère de droite, en haut.
HAAA
Ce pervers me traite bizarrement.
HÉ, YAMA-CHAN !
C'EST AF-FREUX !
TAP
TAP
QU'EST-CE QUI SE PASSE, GEN-CHAN ?

Je t'ai trouvé !
SHTAP
?!!
J'ai toujours cherché quelqu'un comme toi !
Une beauté Japonaise
qui irradie de gentillesse !
Heiiin ?!
C'est qui, ce type ?!
Tu es la Vénus que je cherchais !!
ZOUIP !
HIIII
Pourquoi il bande ?!

Hé...
BAF
Hé !
BAF
Réveille-toi !
GHH
Mmh...
MMH...
Qu'est-ce qu'il y a ? Ça fait mal...
AH...
T'es étudiant à l'école d'à côté ?
Si tu meurs devant notre commerce, ce sera mauvais pour les affaires !
CLING
CLING
Dis, tu m'écoutes ?

APRÈS TOUT, TU ES MA VÉNUS !
Ta Vénus ?
C'est une femme d'habitude.
Comment on en est arrivés là...
Tout a commencé il y a quelques jours...
Yamato, enlève la banderole, on va fermer.
D'accord !
GARARAN
GYAAAA !
Qui a bien pu laisser ses ordures devant notre établissement ?!
TADAM
Hein ?
Un humain...?

JE T'ATTENDAIS.
Rio Oyamada, un bel étudiant de l'université d'à côté.
ENCORE TOI...
ARGH
Voilà la source de mes problèmes.
TU CROIS QUE C'EST UNE BONNE IDÉE DE TRAÎNER ICI ?
T'ES PAS TRÈS OCCUPÉ POUR UN ÉTUDIANT.
CLOC
BIEN SÛR, JE FERAI MON POSSIBLE TANT QUE TU N'AURAS PAS ACCEPTÉ D'ÊTRE MON MODÈLE !
DE NOUVEAU CETTE HISTOIRE ?

Il n'y avait que ça au nettoyage ?
BON-JOUR !
OH, YAMATO-KUN, JE VIENDRAI TOUT À L'HEURE.
Je m'appelle Yamato Natsume. Mes parents sont décédés très jeunes et depuis,
je gère un établissement de bains pu-blics avec ma grand-mère.
Quand vous voulez !
Cependant, j'ai quelques ennuis ces derniers temps.
JE SUIS RENTRÉ !
GARARAN
AH, TU ES DE RETOUR, YAMATO !
!

LA VÉNUS
DES BAINS FUJI

JE...
JE VAIS Y RÉFLÉCHIR...
Je crois que je ne devrais plus
OUI.
DIS, NAOTO.
On ne fume pas dans le lit.
UNE RELATION SÉRIEUSE N'EST EN FIN DE COMPTE PAS MIEUX QUE TU NE L'IMAGINAIS ?
me laisser aller à mes faiblesses.
FIN

PAR CONTRE, QUAND JE PENSE QUE TU ÉTAIS JALOUX, JE ME SENS SI HEUREUX.
Ça me fait de l'effet.
QUOI ?! J-JALOUX ?!
JE LE SUIS PAS DU TOUT !!
Heureux au point de bander ?!
SI ÇA SE TROUVE, DES SENTIMENTS POUR MOI COMMENCENT À POINDRE ?
PAS DU...!
Merde !
Je suis plutôt... déjà accro...
SI TU ES D'ACCORD, ON POURRAIT PASSER LE RÉVEILLON DU NOUVEL AN ENSEMBLE ?
POUR M'EXCUSER DE T'AVOIR DÉLAISSÉ CES DERNIERS TEMPS.
HUM ?
JE TE PROMETS DE BIEN PRENDRE SOIN DE TOI.

C'EST MA MÈRE.
T-TA MÈRE ?!
DEPUIS LA MORT DE MON PÈRE, ELLE A DÉCIDÉ DE RETOURNER DANS SA VILLE NATALE.
ELLE A DE LA FAMILLE QUI PRENDRA SOIN D'ELLE LÀ-BAS.
SURTOUT QUE JE N'AI PAS TROP LE TEMPS D'ALLER LA VOIR AVEC LA BOUTIQUE.
C'EST MIEUX POUR ELLE QUE DE RESTER SEULE.
JE N'ARRÊTE PAS DE TE DIRE COMBIEN JE T'AIME ET TOI,
TU PRÉFÈRES CROIRE TON AMI, C'EST ASSEZ ÉNERVANT.
HAAA
HUUM...
Finalement...
BLUSH
ホッ

AÏE...
SSH
.....
Bon sang, c'est tout rouge maintenant.
Désolé.
ÇA T'A FAIT UNE MARQUE.
GRRR
QUOIII ?!
LA FAUTE À QUI, HEIN ?!
En plus, t'en penses pas un mot, de tes excuses !
.....
Du coup, à cause de ça...
AU FAIT, LA PERSONNE QUE TON AMI A VUE...
J'AI PRIS MON PIED SEULEMENT PAR DER-RIÈRE...!
WAAAH
POFF

SPLIC
SHLIIIC
NNNNH !
NNNNH !
AANH...
AAH... AAH...!
HAAA
HAAA
HAAA
CE N'EST PAS SI MAL, NON ?
KISS
C'EST LA REPRÉSENTATION DE MES DIX ANS D'AMOUR POUR TOI.

AUJOURD'HUI, JE VAIS TE FAIRE JOUIR PAR DERRIÈRE.
HAA
NNH !
QUE !
PAS QUES-TION.
TU ES SI EFFRAYÉ DE FINIR COMME ÇA D'HABITUDE
QUE TU EN TERMINES RAPIDEMENT.
HU HU
ENCORE UN PEU ET ÇA VA VENIR, N'EST-CE PAS ?
GHHH
AAANH !
FLOFF
STOFF
AANH !
AAAH...
AT-TEN-DS...
STOFF
FLAP
ATT... AAANH...!
FLAP
STOFF

AAH !
FLOFFF
NNH !
GHH...
AAH...
AAH !
NNH !
GHH !
NNH...
STOFF
NNH !
C'est frustrant...
NNNH !
HAAA
AAH...
NNH !
Quelque chose a l'air de venir...
FUTT
Mais je sais pas quand...
DÉPÊCHE-TOI DE ME TOUCHER DEVANT AUSSI !
TU DEVAIS ME FAIRE DU BIEN !
HAAA
DÉPÊCHE... TOI...
HUM ?

TU VEUX PRENDRE DU PLAISIR, NON ?
AVEC MOI.
GHH
....!
NE T'INQUIÈTE PAS, JE M'OCCUPE DE TOUT.
JE VAIS TE MONTRER LA RAISON POUR LAQUELLE TU ES VENU ICI.

FUTT
HÉ..!
C'EST QUOI, ÇA ?!
EH BIEN, COMME TU LE VOIS, JE T'ATTACHE.
PARCE QUE TU T'OCCUPES TOUJOURS TRÈS VITE DE TOI.
JE PEUX PAS FINIR SI JE ME TOUCHE PAS !

JE NE VEUX PAS SEULEMENT TON CORPS, MAIS AUSSI TON CŒUR.
POURTANT, TOI, TU DIS QUE LE SEXE TE SUFFIT.
SLURRR
NNH !
AAH !
ÇA M'EXCITE.
AH !
C'EST NICKEL ALORS.

TU CROIS VRAIMENT QUE JE NE VEUX PAS DE TOI ?
VA SAVOIR !
WIP
JE VEUX JUSTE
ME SENTIR BIEN.
T'ES PAS OBLIGÉ DE FAIRE LA NOUNOU CETTE FOIS.
HU HU
HUUM...
TU ES PLUS MIGNON QUE JE NE L'AURAIS CRU.
NNH !
WAAH !
SLURR

IL A ATTENDU DEPUIS LONGTEMPS...
STAP
グイッ
ALORS...
FAISONS-LE.
SI TU PEUX PAS, RESTE-LÀ ET MATE.
COMME TU VIENS DE TE TAPER UNE NANA,
JE SUPPOSE QUE T'AS PAS TROP ENVIE.

COMME T'AS FAIT AVEC MOI.
TU ES BIEN ACERBE AUJOURD'HUI.
MON POTE T'A VU.
AVEC UNE FEMME À SHIROGANE.
HAAA
C'EST APPAREMMENT UNE VEUVE FRIQUÉE, UN BON PLAN.
MAIS JE SAVAIS PAS QUE CE GENRE DE NANAS T'INTÉRESSAIT.
DIS... TU CROIS PAS QUE C'EST MIEUX, ÇA ?
SLURB

TIENS ?
HAA
QU'EST-CE QUE TU FAIS DANS LA MAISON D'UN AUTRE ?
SALUT, TOMBEUR.
ÇA NE ME DÉRANGE PAS SPÉCIALEMENT MAIS TU DEVRAIS AU MOINS FERMER À CLÉ.
SI QUELQU'UN D'AUTRE QUE MOI ÉTAIT RENTRÉ, QU'EST-CE QUE TU AURAIS FAIT ?
CLIC
VA SAVOIR...
PEUT-ÊTRE Y AURAIT EU UNE RUMEUR SUR UN PERVERS DANS TON MAGASIN D'ANTIQUITÉS...
OU SI ÇA AVAIT ÉTÉ UN BEAU MEC, J'AURAIS PEUT-ÊTRE PU LE FORCER À ME SAUTER...
SHH

Lui aussi, quand il se laisse aller,
il a l'air d'aimer ça.
Alors...
Ces mots qu'il a prononcés l'autre fois...
Naoto-kun...
Je t'aime
depuis dix ans.
NNH !
GHHH
GARARAN

Je veux juste...
ZIIIP
Me sentir bien...
C'est facile de le faire avec Minato,
SSSH
et nos corps sont faits pour s'en-tendre au plumard.
AAH NNH !

SNIF
L'odeur de Minato...
Légère et mélangée à la poussière...
Rien qu'avec ça, je...
BOBOM
PFF !
POFF
C'EST CLAIR QU'IL AIME LES VIEUX TRUCS...
Pourquoi je me suis radiné ici ?

支度中
* FERMÉ
CLANG
PLOC
PFF !
Cette clé...
CLING
Tu vas encore m'aider pour beaucoup de choses alors je te la donne.
Heiiin ? Tu te sers un peu trop de moi, non ?
Je pensais pas l'utiliser un jour...
GARARAN

C'est quoi, ça...
.....
FTTT
ふらっ
ANIKI ?
C'EST PAS DRÔLE.
SSHH
フイッ
JE TE LAISSE UN MOMENT.
HEIN ?
O-OK.
.....
J'AI DIT QUELQUE CHOSE QU'IL NE FALLAIT PAS ?

JE SUIS SÛR QU'ILS ONT FAIT DES TRUCS COCHONS !
QUOIII ?!
SUIIP
L'AMBIANCE ÉTAIT SUSPECTE !
Elle l'a enlacé devant la porte,
et ne le lâchait plus, comme si elle ne voulait pas qu'il parte.
LES FEMMES PLUS ÂGÉES NE M'INTÉRESSENT PAS MAIS ELLE ÉTAIT SI BELLE QUE ÇA NE M'AURAIT PAS DÉRANGÉ FINALEMENT.
JE VOIS...
En effet...
En réfléchissant à ses divers talents,
il est possible qu'une femme avec de la bouteille lui ait tout appris...
Alors, s'il a refusé que je le voie, c'était pour aller chez une meuf...

AU FAIT, ANIKI.
QUOI ?
L'ANTIQUAIRE QUI ÉTAIT AVEC VOUS AU LYCÉE...
PFFRRR ?!
KOF
ゲフン
QU'EST-CE QU'IL VOUS ARRIVE ?
KOF KOF
ゴホッ
C-C'EST RIEN...
IL EST ICI. JE L'AI APERÇU TOUT À L'HEURE VERS SHIROGANE.
SHIROGANE ? LE COIN DES RICHOS ?
OUI.
Ça veut dire que son rendez-vous d'aujourd'hui est pour le boulot.
HUUUMM...
JE L'AI VU SORTIR D'UNE GRANDE MAISON.
AVEC UNE FEMME ASSEZ ÂGÉE QUI RESSEMBLAIT À UNE VEUVE.
FRRR

Si c'est que pour le sexe,
je pourrais bien draguer une nana dans la rue,
et qu'on se fasse juste du bien sans se prendre la tête.
Nos corps ont une bonne compatibilité, tu ne voudrais pas qu'on essaye de sortir ensemble ?
Ces mots me font très plaisir.
....!
BLUSH
C'est clair, le sexe avec lui...
NNH
J'Y SUIS ACCRO...
HAAAA
ACCRO À QUOI ?
LA FERME !

Me font très plaisir.
Quoi ? Euh...
M-Minato...
HUG
ぎゅ…
Désolé, je voudrais rester comme ça un instant.
Super ! C'est bon !
Hein ?
C'est tout ?
GARARAN
Bonjour !
WAH !
あわ
WAH !
あわ
GAAAAH !
ENSUITE, LES CLIENTS SONT ARRIVÉS LES UNS APRÈS LES AUTRES...
C'EST SA FAUTE, IL A TRAÎNÉ À CE MOMENT-LÀ !
FRTT
FRTT
Aujourd'hui aussi, j'ai fait style d'aller l'aider pour être avec lui, mais...
J'ai prévu de voir quelqu'un.

Oh, ça fait longtemps. Qu'est-ce qui t'amène aujourd'hui ?
S- Salut !
Rien d'important.
Je vais faire du thé.
FLAP FLAP
わた わた
Ah, non !
Pas la peine !
Je... Je voulais juste te voir un peu...
Ça craint ! Qu'est-ce que je dois dire dans cette situation ?!
Je peux pas déclarer d'un coup «faisons-le» !
GNNN
ぐぬぬ
......
Ces mots...
SMILE
Hein ?
BOBOM

Les gens sont à fond à cette période.
Le Jour de l'An approche, ils doivent faire le grand ménage et c'est la folie dans les rues.
C'est très bon pour les affaires du gang...
Par contre, c'est aussi valable pour le magasin d'antiquités.
JE PROFITE DE FAIRE LE GRAND MÉNAGE POUR VÉRIFIER MON INVENTAIRE.
J'AI AUSSI PAS MAL DE CHOSES À ORGANISER POUR LE QUARTIER DES ANTIQUAIRES.
GRR
Du coup, pas de sexe depuis début décembre.
GRR
GRUMBL
GRUMBL
ON POURRAIT SE DÉSHABILLER RAPIDO ET FAIRE ÇA À LA VA-VITE,
MAIS IL ME COLLE ET ME LÂCHE PLUS UNE FOIS COMMENCÉ...
Même hier, quand je suis allé le voir...
GARARAN
ガララ…
Minato
湊
Bienvenue !
Tiens ?

C-C-C-C'EST RIEN !
OCCUPE-TOI PLUTÔT CORRECTEMENT DU STAND !
WAAAH !
あわあわ
Ç-ÇA CRAINT ! J'AI PARLÉ À VOIX HAUTE ?
Si on le découvre, ça va être la cata !
PLIC PLIC
SUFF
スパ
SUFF
スパ
La cata...
BLA
ザワ
BLA
ザワ
TOUT LE MONDE A L'AIR OCCUPÉ.
C'EST NORMAL, ON EST EN DÉCEMBRE.
Ouais, c'est la fin de l'année.
* Takoyaki

(Ndt* : nom respectueux souvent employé par des yakuzas ou des délinquants pour désigner leurs aînés)

STAP
DOMMAGE.
MMH !
NNH...
AAAAH...
SSURP
SSURP
AANH !
FLOFFFF
NNNH !
AAAAANH...!
STOFF
FLOFF
HAA
NHHHH
GHH !
NNH !
AAANH...!
NNH !

SUBB
MERDE...!
Ça m'énerve !
FLOFF
FLOC
FLOFF
FLOC
FLOC
!
SHH
PAF
ME TOUCHE PAS !
AÏE !
CETTE VUE EST VRAIMENT EXCITANTE, MAIS...
JE N'AI PAS LE DROIT DE TE CARESSER DEVANT ?
ÉVIDEMMENT !
Dis pas des trucs aussi effrayants !

Alors que je faisais mon petit business dans la rue des antiquaires en tant que yakuza, j'ai rencontré Minato que j'avais pas revu depuis dix ans.
À présent responsable du quartier, il m'a déclaré «paye tes erreurs».
En fait, il m'aime depuis dix ans et tout ça n'était qu'un piège,
pour me forcer à coucher avec lui.
Contre toute attente, nos corps sont particulièrement compatibles,
FLOFF
NNH !
AAH !
FLOFF
MMH !
NNH !
FLOFF
et nous continuons depuis ce jour notre relation de sex friends.
NNH !
!
AAA NH...
HAA
STOFF
STOFF

FERMÉ
支度中
Le magasin d'antiquités Minato est actuellement fermé.
NNH !
GHH...!
AAAH...
NNH !
NNH...
MMH-!
Parce qu'on fait ça en plein jour.
AA NH ...!
NNH !
IL ME SEMBLE QUE TU T'ES BIEN HABITUÉ MAINTENANT, NAOTO-KUN.
Moi, Naoto Sagara, et Kazuyuki Minato, on allait dans le même lycée.
LA FERME !
M'APPELLE PAS PAR MON PRÉNOM !

Calvin

JE CROIS QUE NOS CORPS ONT UNE BONNE COMPATIBILITÉ.
ALORS, TU NE VOUDRAIS PAS QU'ON ESSAYE DE SORTIR ENSEMBLE ?
......
Il est en train d'utiliser ce que j'avais dit à l'époque
contre moi.
Merde !
JE VAIS Y RÉFLÉCHIR.

!?
KISS
HAA
LA DOULEUR VA PEUT-ÊTRE PAS AIDER.
HIER ET AUJOURD'HUI... JE VAIS Y ALLER DOUCEMENT.
DIS, SAGARA-KUN.

GNN !
TES HANCHES SONT SI FRAGILES.
SI JE NE LE FAISAIS PAS, JE NE POURRAIS PAS DÉCOUVRIR TA RÉACTION.
HÉ...!
ME TOUCHE PAS, IMBÉCILE !
NNH-!
HAA
SSHH
NNH !
J'ai encore un peu mal, mais...
PFF !
BON SANG !
SHTAP !

HEIN ?
JE COMPTE PAS DEVENIR UN DE TES BIBELOTS, PIGÉ ?
AH BON ?
POURTANT, HIER, TU AVAIS L'AIR D'AIMER ÇA.
BLUUSH
C'EST DEUX TRUCS DIFFÉRENTS !
OU ALORS, TU ES JUSTE TRÈS SENSIBLE, SAGARA-KUN ?
SSSH
WAAH !
HIII !

クスッ
HU HU !
TU PEUX PARLER.
MONSIEUR «JE SUIS TRÈS PERSPICACE MAIS LES PASSE-TEMPS DE CELUI QUI M'AIME SONT DE MAUVAIS GOÛTS DEPUIS TOUJOURS».
GAA AH
ÇA ME FAIT PAS SPÉ-CIALEMENT PLAISIR.
HAA
JE PRENDRAI SOIN DE TOI.

M-MAIS… ÇA S'EST PASSÉ Y A PLUS DE DIX ANS…
HA HA !
SUIP
JE SUIS UN ANTIQUAIRE, J'AI TOUJOURS ÉTÉ PATIENT.
WAH !
HIIII
AH !
BOM
J'AI UTILISÉ CE CLIENT POUR T'APPROCHER, ALORS QUE J'AVAIS FERMÉ LES YEUX SUR SES MANI-GANCES JUSQU'À PRÉSENT.
….!
T-T'AS VRAIMENT DES PASSE-TEMPS QUI CRAIGNENT…
HAAA

CE FUT LA SEULE FOIS OÙ L'ON S'EST PARLÉ.
POURTANT, TU M'AVAIS MONTRÉ UNE NOUVELLE FAÇON DE VOIR LA VIE.
TU M'INTRIGUAIS DE PLUS EN PLUS, JE VOULAIS SAVOIR QUEL GENRE DE GARÇON TU ÉTAIS.
SÉRIEUX ?!
...ATTENDS, ME DIS PAS QUE...
SI, JE SUIS TOMBÉ AMOUREUX DE TOI.
IMPOSSIBLE...

Si t'essaies pas, t'apprendras rien sur elle, même les trucs bien, non ?
Et peut-être qu'ensuite, tu l'aimeras vraiment !
HÉ HÉ !
Ça se voit que t'as pas d'expérience, toi !
Face à ces mots, quelque chose s'est alors passé en moi.

Désolé, j'avais pas l'intention de mater.
Vous êtes venus là pendant ma sieste, je pouvais plus partir.
Que tu es apparu.
Du gâchis... Je ne connais pourtant rien d'elle,
et elle ne sait rien sur moi.
Ben, tu devrais justement sortir avec elle pour le découvrir !
Hein ?

Je t'aime.
Désolé.
J'étais très populaire à l'époque.
Cependant, comme je savais que toutes ces filles ne s'inté-ressaient qu'à mon apparence,
je refusais systémati-quement leurs déclarations.
FRISH
ガサッ
Haaa, t'as fait pleurer cette beauté, quel gâchis.
FRISH
ガサッ
C'est à ce moment...

OUI, PARCE QUE JE VOULAIS T'APPROCHER.
HEIN ?
TU NE T'EN SOUVIENS PROBABLEMENT PAS,
MAIS AU LYCÉE, ON S'EST PARLÉ UNE FOIS.
Une fille m'avait interpellé...
Minato-kun.

OUI, CE N'EST PAS GRAVE.
LE MONDE EST PETIT, IL NE POURRA PAS S'ENFUIR.
スッ SSH
LES GENS QUI SE FONT DUPER ONT EFFECTIVEMENT TORT. PAR CONTRE, JE NE FERAIS JAMAIS ÇA À UN AMATEUR.
OOH...
DIS DONC !
TU SAVAIS DEPUIS LE DÉBUT QUE LA TASSE QUE JE VENDAIS AVAIT DE LA VALEUR !
ELLE VAUT COMBIEN, FINALEMENT ?!

VOUS MÉRITEZ ÉGALEMENT UNE PUNITION.
GOOO
GARARAN
HÉ, TU LE LAISSES PARTIR ?
CLOC

ALORS QUE VOUS ALLEZ MÊME JUSQU'À IMITER LES RUSES DES CRIMINELS.
SSH
UN DE VOS CLIENTS EST VENU ICI EN PLEURS.
QUE ...!
AH !
IL A DEMANDÉ AUX ANTIQUAIRES DU QUARTIER D'ÉVALUER UN OBJET,
ET A DÉCOUVERT QUE VOUS LUI AVIEZ VENDU À UN PRIX EXORBITANT.
NOUS AVONS CONCLU L'AFFAIRE EN DISANT QUE VOUS N'ÉTIEZ QU'UN AMATEUR,
MAIS LA MÉTHODE N'EN RESTE PAS MOINS IMPARDON-NABLE.
SI ÇA CONTINUE, LES GENS NE FERONT PLUS CONFIANCE AUX ANTI-QUAIRES.
HA HA !
BEN ALORS LE VIEUX, T'AS FAIT LA MÊME CHOSE QUE MOI.
GHH !

V-VOUS PLAISANTEZ ?!
VOUS M'AVEZ TROMPÉ ! JE VAIS PORTER PLAINTE !
QUE RACONTEZ-VOUS, HASEGAWA-SAMA ?
JE REMERCIE LE DESTIN ET LA CHANCE POUR CETTE TRANSACTION.

OH, C'ÉTAIT DONC ÇA !
JE SUIS DÉSOLÉ DE NE PAS AVOIR REMARQUÉ ET DE M'ÊTRE EMPORTÉ.
C'EST VRAI QUE J'AI COMMIS UNE ERREUR EN ACHETANT À CET IDIOT.
APRÈS TOUT, JE NE TRAITE JAMAIS AVEC DES INDIVIDUS SI GROS-SIERS.
PFF !
GRRR
QUOIII ?!
À PROPOS...
WUP
CONCERNANT L'OBJET BON MARCHÉ QUE VOUS M'AVEZ CÉDÉ L'AUTRE JOUR...
APRÈS DE NOMBREUSES RECHERCHES, J'AI TROUVÉ QU'IL A, EN VÉRITÉ, BEAUCOUP DE VALEUR.
HEIIIN !
Q-QUOI ?!

AH, LE VIEUX.
C'EST TA FAUTE SI TU T'ES FAIT AVOIR.
BEUUUH
EN PLUS, À CAUSE DE TOI, IL M'EST ARRIVÉ PLEIN DE TRUCS.
QUE FAIT UN TYPE COMME LUI ICI ?!
GRRRR
SHHH
CALMEZ-VOUS S'IL VOUS PLAÎT, HASEGAWA-SAMA.
JE L'AI JUSTEMENT FAIT VENIR ICI POUR LE PUNIR UN PETIT PEU DE VOUS AVOIR TROMPÉ.
Un petit peu ?! Tu parles !

GARARAN
ガラッ
BONJOUR !
MERCI ENCORE POUR L'AUTRE JOUR !
OH, HASEGAWA-SAN, QU'EST-CE QUI VOUS AMÈNE AUJOURD'HUI ?
EH BIEN, J'AI MIS LA MAIN SUR UN OBJET DE LA DYNASTIE LY.
SEULEMENT, JE NE SAIS PAS DU TOUT COMBIEN IL POURRAIT VALOIR.
J'AIMERAIS DONC QUE VOUS L'EXAMINIEZ.
AH ?!
TU ES CELUI QUI VENDAIT DES IMITATIONS DANS LA RUE L'AUTRE FOIS !

(Ndt* : environ 2600€)

FIOUP
TU RÊVASSES ?
C'est interdit de fumer dans la boutique.
YAAAAH ?!
HIII !
BAM !
ARRÊTE DE ME SUR-PRENDRE !!
SUIP
CE N'EST PAS PARCE QU'IL N'Y A PERSONNE QUE TU DOIS TE RELÂCHER.
JE VENDS BEAUCOUP DE CHOSES TRÈS CHÈRES ICI QU'IL FAUT SURVEILLER.
SANS DÉC' ? MÊME CETTE TASSE À THÉ ?
ELLE COÛTE 200 000 YENS*.
Elle ressemble aux fausses que je vendais.
(Ndt* : environ 1500€)
!?
Sérieux ?!
DOMM
NE LA FAIS PAS TOMBER PAR INADVERTANCE.

Il aimait les mecs avant, lui ?
Avec sa belle gueule, il était super populaire au lycée.
Il était sérieux et plein de filles lui tournaient autour.
Je crois d'ailleurs qu'une fois, j'étais là par hasard quand une nana lui a fait sa déclaration...
FOUAAAH

JE DOIS ALLER À LA CAVE VÉRIFIER LE STOCK.
TU PEUX T'OCCUPER DE LA BOUTIQUE EN ATTENDANT ?
O-OK.
...AÏE !
Mes hanches...
JE RISQUE PAS DE PORTER DES TRUCS LOURDS AVEC CETTE DOULEUR.
ENFIN, JE PEUX QUAND MÊME GARDER LE MAGASIN.
Plus important...

C'était...
trop bon !
J'ai cru qu'il allait arrêter après mon mensonge,
mais il a continué à me toucher.
IL M'A FORCÉ ET POURTANT, J'AI FINI PAR PRENDRE MON PIED AVEC UN HOMME.
GHHH
TU COMPTES DORMIR ENCORE LONGTEMPS ?
SBAM
WAAAAH !
HIIII !

JE NE VAIS PAS ME RETENIR.
LE SOLEIL EST JAUNE...
CUI
CUI
C'est quoi, ce bordel...
.....
CUI
CUI

GNN !
HAA...
ARRÊTE... C'EST DÉGOÛTANT !
SI TU CONTINUES, JE TE BUTE !
NNH !
VRAIMENT ? TU AS L'AIR D'AIMER ÇA, POURTANT.
ÇA FAIT LONG-TEMPS QUE TU N'AS PAS EU DE RELATIONS SEXUELLES ?
QUOIII ?!
NNH !
BLUSH
TE FOUS PAS DE MOI ! C'EST HOT TOUS LES JOURS !
C'est vrai que ces derniers temps, j'ai rien fait.
HUUM... AH BON.
HUUUUM
Il me croit pas !
DANS CE CAS...
HU HU
HEIN ?
POM

BON APPÉTIT !
HEIIIIN ?!
SMACK
HIIK
KISS
MMH !
GNNN
TOURNE
TOURNE
Quoi ?! U-Une minute !
Hiiii !
KISS
Il est carrément plus fort qu'il en a l'air !
NNH !
MMH !
Qu'est-ce qu'il fait, cet imbécile ?!
SUUB
SBB
QUE ...!
NNH !

!?
SAGARA-KUN, TU ES PLUTÔT NAÏF POUR QUELQU'UN D'EXPÉRIMENTÉ.
SHTAP
OU ALORS, TU ES TROUBLÉ CAR C'EST TA PREMIÈRE FOIS AVEC UN HOMME ?
DANS CE CAS, JE VAIS ÊTRE TRÈS GENTIL AVEC TOI.
QUOI ? HEIN ?
ATTENDS... QUOI ?
SUIIP

EH BIEN, AVEC TON CORPS.
GARARAN
Minato
湊
新古美術
Antiquités
INTERDICTION DE FUMER DANS LA BOUTIQUE.
WAH ! IL A PLEIN DE TRUCS QUI ONT L'AIR DE SE VENDRE CHERS !
BON, QU'EST-CE QUE JE DOIS FAIRE ? L'INVENTAIRE ?

JE NE SUIS PAS VENU POUR TERNIR VOTRE HONNEUR.
JE COMPTE SIMPLEMENT SUR VOUS POUR QUE ÇA NE SE REPRODUISE PLUS.
HA HA !
NOUS SOMMES VRAIMENT DÉSOLÉS.
PAR CONTRE, À CAUSE DE CETTE AFFAIRE,
LES ANTI-QUAIRES DE LA RUE ONT SUBI BEAUCOUP DE DOMMAGES.
MUH !
JE VOUDRAIS DONC QUE TU PAYES TES ERREURS.
COMMENT ? QU'EST-CE QUE TU VEUX ?
SMILE

EN EFFET. CEPENDANT, QUITTE À LES DUPER, TU DEVRAIS LE FAIRE MIEUX QUE ÇA.
HAAA
QUOI ?! ENFOIRÉ !
GRRR !
ÇA SUFFIT.
ARGH !
LE VIEUX !
J'AI ENTENDU TOUTE L'HISTOIRE.
JE SUIS DÉSOLÉ QU'UN DE MES HOMMES VOUS AIT CAUSÉ DES PROBLÈMES, MINATO-SAN.
FRRT
FRRT
GHH !
JE VAIS LE RÉPRIMANDER COMME IL SE DOIT,
ALORS ON POURRAIT PEUT-ÊTRE EN RESTER LÀ, AU REGARD DE VOTRE AMITIÉ.

L'AUTRE FOIS,
UN CLIENT EST VENU ME PARLER DE TES FAUSSES ANTIQUITÉS.
*Groupe Sagara
EN TANT QUE RESPONSABLE DE CE QUARTIER, JE NE PEUX LAISSER PASSER ÇA.
TU NOUS CAUSES DES ENNUIS AVEC TES VENTES.
Voici Kazuyuki Minato, l'héritier d'un magasin d'antiquités de la ville qui existe depuis des lustres.
Je me souviens pas trop de lui, mais on était apparemment dans le même lycée.
C'EST LA FAUTE À CEUX QUI SE FONT BANANER !

TOI...
Où j'ai rencontré à nouveau ce type.
SMILE

Il fait super beau.
SHINE
SHINE
Les week-ends comme ça, je gagne un max avec mon stand dans le quartier des antiquaires.
HÉ, VOUS, LE CONNAISSEUR !
REGARDEZ MA BELLE MARCHANDISE !
BLA
BLA
LES CLIENTS SONT RADINS, AUJOUR-D'HUI.
Je ramassais juste des vieux trucs dans les ordures et les revendais au prix fort à des amateurs.
NAOTO SAGARA.
Jusqu'à ce jour...

L'antiquaire
et son appétit débordant !

SOMMAIRE

L'ANTIQUAIRE …05
LA VÉNUS DES BAINS FUJI … 69
EXTRA – SEXE AU RÉVEILLON DU NOUVEL AN … 157